El club secreto de Franklin

Para Mira – P.B.
Para Robin y sus amigos – B.C.

Originally published in English by Kids Can Press Ltd. under the title
FRANKLIN'S SECRET CLUB

1–880507–50–1

Printed in Hong Kong

10 9 8 7 6 5 4 3 2 1

Library of Congress Cataloging-in-Publication Data is available.

El club secreto de Franklin

Por Paulette Bourgeois
Ilustrado por Brenda Clark
Traducido por Alejandra López Varela

Lectorum Publications, Inc.

FRANKLIN sabía atarse los zapatos y contar de dos en dos. Le gustaba jugar en equipo y practicar diferentes deportes. Franklin cantaba en el coro de la escuela y pertenecía al club de manualidades. Le gustaba participar en todo. Por eso decidió empezar su propio club.

Un día, Franklin descubrió un escondite cerca de su casa. Era el lugar perfecto para las reuniones del club.

–Podemos tener una contraseña y un saludo secreto –le dijo Franklin a Oso.

–¿Y meriendas secretas? –preguntó Oso ilusionado.

–Con ingredientes secretos –rió Franklin.

El escondite no era muy grande. Sólo había sitio para un grupo pequeño.

–Caracol y Conejo caben perfectamente –dijo Franklin–. Vamos a pedirles que se unan al club.

Caracol, Conejo, Franklin y Oso construyeron el club.

Lo llamaron el Club Secreto.

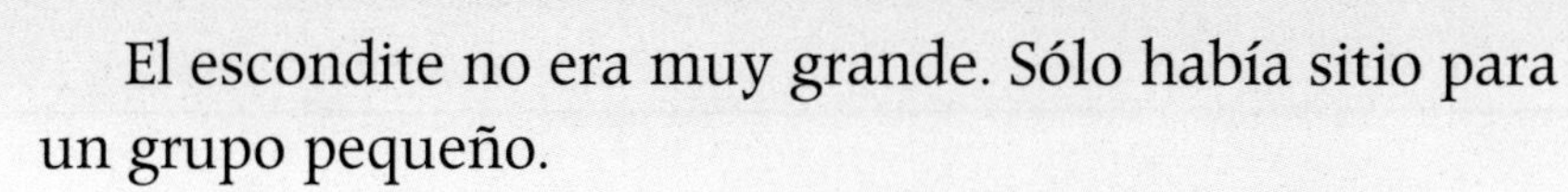

Los miembros del club se reunían todos los días después de la escuela. Comían panecillos de arándanos y se comunicaban con teléfonos hechos de latas vacías. Hacían pulseras de macarrones y se las regalaban unos a otros.

Franklin estaba tan ocupado jugando con los miembros del club que se olvidó de sus otros amigos.

En la escuela, todos eran muy amables con Franklin, sobre todo Castor.

Le guardó un asiento a Franklin en el autobús durante tres días seguidos. Le ofreció lo mejor de su almuerzo y hasta le ayudó a recoger después de la clase de arte.

–Gracias, Castor –dijo Franklin.

Castor sonrió: –¿Puedo ser miembro de tu club ahora?

Franklin se quedó sorprendido. No se le había ocurrido que otros quisieran pertenecer al club.

–Lo siento, Castor –dijo Franklin–. Pero no cabe nadie más dentro del club.

–Esa no es una buena excusa –murmuró Castor–. Y no es justo. Empezaré mi propio club.

–Pero... –comenzó a decir Franklin, mientras Castor se marchaba enojada.

Al salir de la escuela, Franklin y los otros miembros del club organizaron la búsqueda de un tesoro.

Franklin no encontró nada. Estaba preocupado porque Castor se había enojado.

–Lo único que le dije a Castor era que no había sitio para más miembros –explicó Franklin a Caracol, Oso y Conejo.

Asintieron con la cabeza, apenados.

Al día siguiente, Franklin y Oso se dieron el saludo secreto –dos palmadas y unas cosquillas– y susurraron la contraseña, "arándanos".

Oso aleteó los brazos, movió los dedos, arrugó la nariz y dijo: –¡Tope–tope–tun, chin–pan–pun!

–¿Y eso qué es? –le preguntó Franklin.

–Es el saludo y la contraseña del Club Aventura de Castor. Me lo enseñó Zorro.

–Ah –dijo Franklin.

Los miembros del Club Secreto se entretenían jugando.

Franklin se divertía, pero había escuchado que el club de Castor era mucho más divertido.

–Hoy los aventureros están buscando dinosaurios –dijo Caracol.

–Sin lugar a dudas, el Club Aventura es fantástico –suspiró Oso.

–Así parece –dijo Franklin.

Franklin se esforzaba en inventar juegos cada vez más divertidos. Los miembros del Club Secreto aprendieron a escribir cartas invisibles usando jugo de limón, y un día inventaron un código secreto.

Pero ese mismo día, los aventureros organizaron un viaje a la luna.

Poco después, Franklin y los miembros del club fueron a ver la sede del Club Aventura.

Había una casita en un árbol a la que se podía trepar, una llanta para columpiarse, una tienda de campaña para jugar y un enorme cartel que ponía, "Sólo para miembros".

A Franklin le entraron unas ganas tremendas de pertenecer al Club Aventura.

–Ahora comprendo cómo se sintió Castor –dijo con tristeza–. Rechazada.

De repente, a Franklin se le ocurrió una idea.

–Invitemos a todos los aventureros a unirse a nuestro club, así *nadie* se sentirá rechazado –anunció.

–Pero no hay espacio para todos –dijo Oso.

–Siempre podemos reunirnos afuera –dijo Franklin–. Así tendremos todo el espacio del mundo.

Franklin le pidió a Castor que se reuniera con él.

–Siento mucho haberte dejado fuera –dijo Franklin.

Castor aceptó sus disculpas: –Yo también siento haberte dejado fuera a ti.

–El Club Aventura es un buen club –dijo Franklin–. El Club Secreto también. Pero si nos uniéramos, podríamos tener el mejor club de todos.

A Castor le pareció una buena idea y formaron un solo club.

Todos estaban ilusionados. Los miembros del Club Aventura querían aprender cosas secretas y los miembros del Club Secreto estaban listos para explorar.

El nuevo club se llamó el Club de Aventuras Secretas. La contraseña era ¡Tope–tope–tun, chin–arándanos–pun!

Cuando los miembros se encontraban, aleteaban los brazos, movían los dedos, arrugaban la nariz, daban dos palmadas y se hacían cosquillas.

Castor hizo un gran cartel para el club. Ponía, "Club de Aventuras Secretas".

Franklin hizo otro cartel que ponía, "Bienvenidos todos". No quería dejar a nadie fuera.